D1074752

Bibliografische Information der Deutschen Nationalbibliothek
Die Deutsche Nationalbibliothek verzeichnet diese Publikation in der Deutschen Nationalbibliografie;
detaillierte bibliografische Daten sind im Internet über http://dnb.d-nb.de abrufbar.

Adaptiert von Mary Olin
Illustriert von Ron Cohee, Mara Damiani, Caroline Egan, Mike Inman,
Seung Kim, Maria Elena Naggi, Scott Tilley, und Valeria Turati
Designed von Tony Fejeran und Stuart Smith von Disney Publishing's Global Design Group

2007 SchneiderBuch
verlegt durch EGMONT Verlagsgesellschaften mbH
Gertrudenstraße 30-36, 50667 Köln
Alle Rechte vorbehalten.
Übersetzung: Antje Görnig
Produktion: Susanne Beeh
Satz: Achim Münster, Köln
Printed in Italy
ISBN 978-3-505-12404-4

Besucht unsere Homepages:
www.schneiderbuch.de
www.vgs.de

Bonjour, ich bin Emile, und ich werde euch eine wirklich unglaubliche Geschichte erzählen. Für die Ratten von Paris ist sie eine Legende, den Menschen jedoch ist sie kaum bekannt. Und das liegt daran, dass Ratten und Menschen sich einfach nicht zu vertragen scheinen.

Es fing alles mit meinem Bruder Remy an. Das ist vielleicht einer! Er konnte Abfall noch nie etwas abgewinnen, nun, zumindest nicht so viel wie ich. Seht ihn euch an! Er hat die merkwürdige Angewohnheit, auf zwei Beinen zu laufen und seine Vorderpfoten sauber zu halten. Das tut er, weil er regelrecht besessen vom Kochen ist.

Vom Kochen! Ja, ich weiß, es klingt verrückt, aber seht nur, hier versucht er gerade einen Pilz mit Käse zuzubereiten, und zwar oben auf dem Dach des Häuschens, in dem wir früher lebten. Noch dazu mitten in einem Gewitter! Er tut viel für eine schmackhafte Mahlzeit!

Ich war ganz schön beunruhigt wegen des Unwetters, und dann – mit einem Riesenknall – schlug der Blitz plötzlich in den Schornstein ein, und wir purzelten vom Dach. Aber davon ließ Remy sich nicht beirren. Nachdem er den Pilz probiert hatte, fiel ihm noch etwas viel Verrückteres ein.

„Nein!", raunte ich ihm zu. „Geh bloß nicht ins Haus!"

„Aber ich brauche doch nur ein bisschen Safran", entgegnete er. „Mach dir keine Sorgen, die alte Dame schläft sowieso immer, wenn der Fernseher läuft."

„Safran?" Ich runzelte die Stirn.

„Oh ja, Gusteau schwört darauf", erklärte Remy.

„Gusteau? Wer ist das denn?", fragte ich verdutzt.

„Auguste Gusteau, der beste Koch der Welt", erklärte Remy und zeigte mir ein Kochbuch. „JEDER KANN KOCHEN von Auguste Gusteau", las er vor.

„Das gefällt mir nicht", sagte ich. „Wir sollten uns nicht im Haus herumtreiben, und du solltest eigentlich gar nicht kochen können!"

7

Die Nachrichten liefen, und Remy erstarrte. „Mein Vorbild ist tot", stammelte er plötzlich.

„Was?", fuhr ich besorgt auf. „Wer ist tot?"

„Gusteau ist tot." Remy schluckte. „Er starb an gebrochenem Herzen, sagen die. Sein berühmtes Restaurant hat einen seiner fünf Sterne verloren."

„Einen Stern?"

Remy nickte. „Für diese Sterne hat er sehr hart gearbeitet und ein köstliches Gericht nach dem anderen zubereitet. Aber dann hat dieser gemeine Restaurantkritiker Ego ihm einen Stern aberkannt, weil ihm irgendetwas nicht geschmeckt hat."

Remy schnippte mit den Fingern. „Einfach so!"

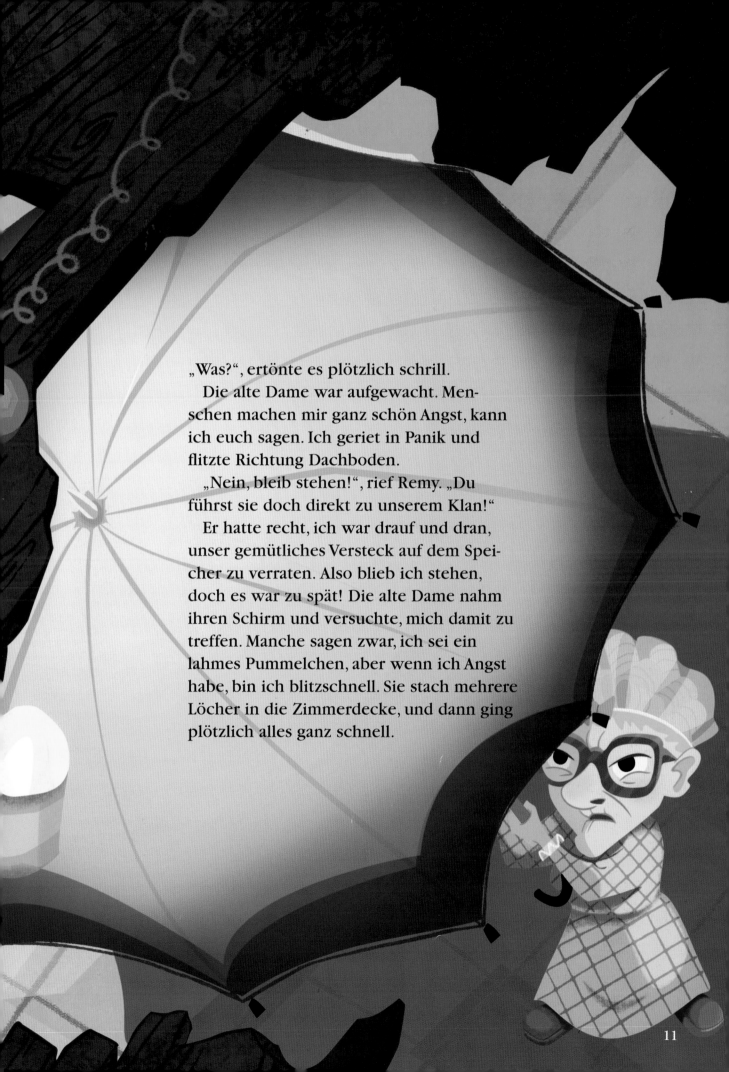

„Was?", ertönte es plötzlich schrill.

Die alte Dame war aufgewacht. Menschen machen mir ganz schön Angst, kann ich euch sagen. Ich geriet in Panik und flitzte Richtung Dachboden.

„Nein, bleib stehen!", rief Remy. „Du führst sie doch direkt zu unserem Klan!"

Er hatte recht, ich war drauf und dran, unser gemütliches Versteck auf dem Speicher zu verraten. Also blieb ich stehen, doch es war zu spät! Die alte Dame nahm ihren Schirm und versuchte, mich damit zu treffen. Manche sagen zwar, ich sei ein lahmes Pummelchen, aber wenn ich Angst habe, bin ich blitzschnell. Sie stach mehrere Löcher in die Zimmerdecke, und dann ging plötzlich alles ganz schnell.

Die ganze Decke krachte herunter – und mit ihr unser Klan. Überall waren Ratten, und die alte Dame machte kreischend mit dem Schirm Jagd auf uns.

„In die Boote!", brüllte unser Papa.

Er ist unser Klanchef, und wir stürzten alle aus dem Haus. Remy allerdings nicht. Ich habe euch ja schon erklärt, dass er ein Sonderling ist. Er flitzte noch einmal in die Küche, denn er wollte das Kochbuch nicht zurücklassen. Ein Kochbuch! Wo hat er überhaupt Lesen gelernt?

Wir hatten fast die Kanalisation erreicht, als Papa merkte, dass Remy fehlte. „Remy!" rief er.

„Ich bin hier!", rief Remy vom Flussufer. „Ich habe das Kochbuch!"

Papa runzelte die Stirn. „Was will er denn mit einem Kochbuch?"

„Äh ...", setzte ich an.

Für lange Erklärungen war jedoch keine Zeit. Wir sahen, wie Remy das Kochbuch ins Wasser warf und es als Floß benutzte. Aber während wir den Abwasserkanal hinunterschossen, verloren wir ihn aus den Augen. Er muss den falschen Kanal erwischt haben.

Wie Remy mir später erzählte, hatte er die ganze Nacht auf dem Wasser verbracht. Als der Morgen graute, zog er das Kochbuchfloß an Land. Weit und breit war keine einzige Ratte zu sehen. Es ist schon schlimm genug, wenn man sein Zuhause verliert, aber Familie und Freunde zu verlieren ist noch viel schlimmer.

Hungrig und traurig blätterte er in dem nassen Kochbuch. Was nun geschah, klingt wirklich sehr seltsam: Plötzlich sprach Gusteau zu ihm, der berühmte Koch! Ihr denkt, ich mache Witze? Nun, Remy schwört, dass es so war.

„Sei nicht traurig!", sagte Gusteau. „Geh nach oben und sieh dich um!"

Remy starrte den lebendig gewordenen Koch an. „Ich habe gerade alle meine Freunde und Verwandten verloren. Sollte ich nicht hier auf sie warten?"

Aber Remy war sehr hungrig. Und in seiner Lage erschien es ihm nur vernünftig, auf den berühmten Koch zu hören. Wenn ich Hunger habe, horche ich allerdings immer auf herannahende Müllwagen. Die lassen immer ein paar Leckerbissen zurück.

Remy kletterte also aus der Kanalisation und hinauf auf ein Dach. Paris lag zu seinen Füßen! Eine riesige Stadt voller prall gefüllter Mülltonnen! Aber für den Abfall interessierte sich Remy gar nicht. Nein! Er war völlig aus dem Häuschen, als er in einiger Entfernung Gusteaus berühmtes Restaurant entdeckte. Er huschte über die Dächer darauf zu und spähte durch eine Luke in das Lokal. „Eine echte Gourmetküche", schwärmte er. „Was für ein Erlebnis!"

Tut mir leid, aber ich verstehe meinen Bruder nicht. War er wirklich so begeistert davon, ein paar Menschen beim Kochen zusehen zu können? Oh ja, das war er!

„Ich weiß, dass du mein Buch gelesen hast", sagte Gusteaus Geist.
„Nenn mir die Namen der Köche!"

Remy zeigte reihum auf die Köche und nannte ihre Namen.

„Du bist ein cleveres Kerlchen. Aber wer ist das da?", fragte Gusteau und zeigte auf einen Jungen, der gerade den Boden wischte.

„Ach, der da? Er ist nicht weiter wichtig", sagte Remy. „Das ist der Küchenjunge. Der kocht doch gar nicht."

„Aber er *könnte* kochen", sagte Gusteau.

„Auf keinen Fall", entgegnete Remy und zuckte zusammen, als der ungeschickte Junge einen Topf mit Suppe umstieß.

„Ich sage immer, jeder kann kochen!", fuhr Gusteau fort.

Da füllte der Junge den Topf mit Wasser und warf einige Kräuter und Gewürze hinein.

Remy stockte der Atem. „Nun … ja. Vielleicht kann es jeder, aber das heißt nicht, dass es auch jeder tun sollte."

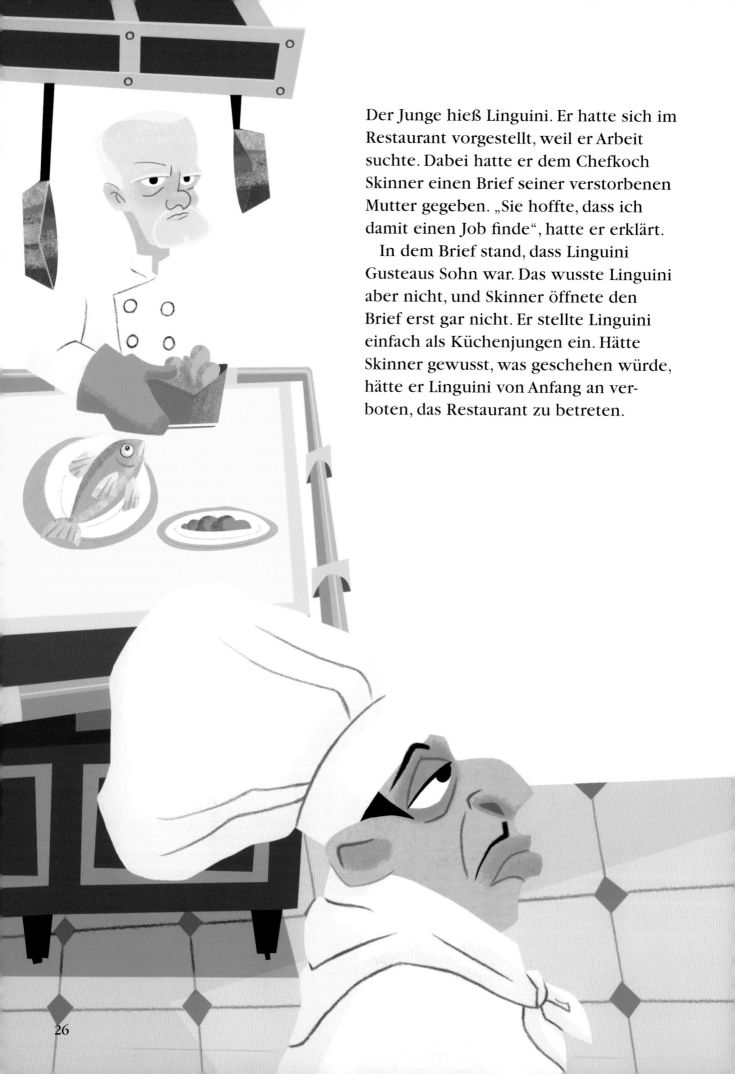

Der Junge hieß Linguini. Er hatte sich im Restaurant vorgestellt, weil er Arbeit suchte. Dabei hatte er dem Chefkoch Skinner einen Brief seiner verstorbenen Mutter gegeben. „Sie hoffte, dass ich damit einen Job finde", hatte er erklärt.

In dem Brief stand, dass Linguini Gusteaus Sohn war. Das wusste Linguini aber nicht, und Skinner öffnete den Brief erst gar nicht. Er stellte Linguini einfach als Küchenjungen ein. Hätte Skinner gewusst, was geschehen würde, hätte er Linguini von Anfang an verboten, das Restaurant zu betreten.

Remy war entsetzt über Linguinis kläglichen Versuch,
eine neue Suppe zu kochen. Um besser sehen zu können,
beugte er sich vor. Da gab die Luke, an der er kauerte,
plötzlich nach, und er stürzte in ein Spülbecken, das randvoll mit
schmutzigem Wasser war. Igitt! Remy schwamm an die Oberfläche,
sprang hinaus und raste quer durch die Küche, mitten durch Menschen-
beine und Servierwagen. Das war ganz schön gefährlich! Gerade wollte
Remy durch ein offenes Fenster flüchten, als ihm ein scheußlicher
Geruch in die Nase stieg – er kam von der Suppe.

„Du weißt, was zu tun ist", flüsterte ihm Gusteaus Geist ins Ohr. „Das ist deine Chance!"

Remys Chance? Eine Ratte in einer Gourmetküche? Was für eine komische Idee! Ich weiß nicht, was Remy sich dabei dachte, aber er sah sich die Zutaten auf der Arbeitsfläche an und begann, die Suppe neu zu kochen. Kräuter, Gewürze, Gemüse. Wenn er einmal anfängt, gibt es kein Halten mehr! Er war fast fertig, die Suppe hatte ein feines, würziges Aroma, da merkte er, dass Linguini ihn anstarrte.

Schon hörten sie Chefkoch Skinner rufen: „Die Suppe! Wo ist die Suppe?"

Remy erschrak, aber Linguini versteckte ihn rasch unter einem Sieb und rührte wild in dem Suppentopf.

„Du kochst?", schrie Skinner entsetzt. „Wie kannst du es wagen, in meiner Küche den Kochlöffel zu schwingen?"

„Oh, äh …", stammelte Linguini.

Aber da war es bereits geschehen: Der Kellner eilte mit einer Schüssel Suppe in den Speisesaal.

„Du bist GEFEUERT!", brüllte Skinner.

Aber der Kellner kehrte lächelnd zurück. „Dem Gast schmeckt die Suppe!"

Skinner kniff die Augen zusammen. „Nun gut, dann möchte ich mal sehen, wie du das gemacht hast. Du bereitest die Suppe noch einmal zu!"

Inzwischen war Remy unter dem Sieb hervorgekrochen. Unglücklicherweise entdeckte Skinner ihn. „Eine RATTE!", kreischte er.

Linguini stürzte sich auf Remy und fing ihn rasch mit einem Glas ein.

„Töte sie!", befahl Skinner. „Wenn jemand erfährt, dass wir eine Ratte in der Küche haben, machen sie uns den Laden dicht!"

Linguini brachte Remy an den Fluss. Der arme Remy zitterte am ganzen Körper. „Sieh mich nicht so an!", sagte Linguini. „Jetzt soll ich diese Suppe noch einmal kochen – und verliere bestimmt meinen Job." Er seufzte. „Ich kann gar nicht kochen, aber du kannst es offenbar."

Remy nickte, und Linguini machte große Augen. Er hatte eigentlich nicht erwartet, eine Antwort von der Ratte zu bekommen.

„Könntest du mir vielleicht noch einmal helfen?",
fragte Linguini.

Remy nickte, aber Linguini schüttelte den Kopf.
„Was mache ich nur? Jetzt rede ich schon mit
einer Ratte über das Kochen!"

Dennoch, Remy nickte wieder, und Linguini ließ
ihn aus dem Glas. „Okay, dann arbeiten wir zusammen! Ich brauche diesen Job!"

Natürlich flüchtete Remy erst einmal, aber dann
wurde ihm klar, dass Linguini der erste Mensch
war, dem er vertrauen konnte. Und in diesem
Moment witterte er wahrscheinlich seine Chance.
Und so lief er – ob ihr es glaubt oder nicht –
tatsächlich zurück zu Linguini.

Linguini nahm Remy wieder mit ins Restaurant. Er versteckte ihn unter seinem Hemd, und sie machten sich gemeinsam an die Arbeit. Dabei huschte Remy in Linguinis Ärmeln auf und ab, aber das kitzelte den Küchenjungen so sehr, dass er kichern musste. Also versuchte Remy, ihn da und dort zu beißen und auf diese Weise zu dirigieren.

„Autsch!", rief Linguini und lief rasch in die Speisekammer.

Er zog Remy aus seinem Hemd und nahm die Mütze ab, um sich den Schweiß von der Stirn zu wischen. „Hör mal, du kannst nicht ständig an mir rauf- und runterkrabbeln und mich beißen!", schimpfte er.

In diesem Augenblick platzte Skinner in die Speisekammer. Linguini setzte seine Mütze rasch wieder auf und versteckte Remy darunter.

Aber Skinner glaubte, etwas gesehen zu haben. „Eine Ratte!", schrie er. „War da gerade eine Ratte?"

„Nein, nein", versicherte Linguini und schüttelte den Kopf.

Verwirrt verließ Skinner die Speisekammer. „Puh, das war knapp!", seufzte Linguini.

Als die beiden in die Küche zurückkehrten, sah Remy durch den dünnen Mützenstoff, dass Linguini mit einem Kellner zusammenzustoßen drohte. Um das zu verhindern, zog er Linguini kräftig an den Haaren, und der Küchenjunge blieb ruckartig stehen. Das brachte Remy auf eine Idee.

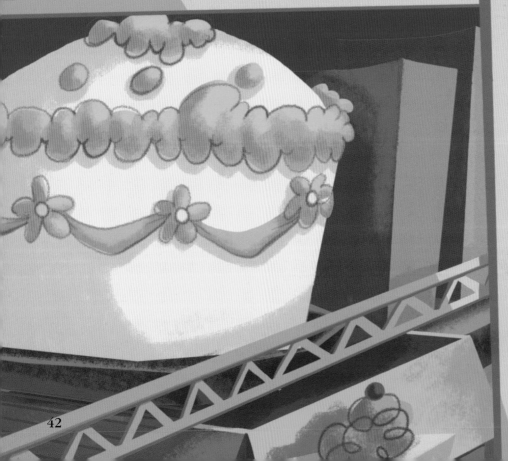

Am Abend arbeiteten die beiden in Linguinis Wohnung einen ungewöhnlichen Plan aus. Remy saß auf Linguinis Kopf und zog ihn an verschiedenen Stellen an den Haaren, um seine Armbewegungen und Schritte zu lenken. Sie mussten zwar ein bisschen üben, aber voilà, nach einer Weile funktionierte der Trick und die beiden waren ein perfektes Kochteam!
Am nächsten Tag versteckte Linguini Remy wieder unter seiner Mütze und sie bereiteten gemeinsam die Suppe in der Restaurantküche zu.
Sie schmeckte hervorragend!

45

„Glückwunsch", sagte Skinner mit finsterem Blick. „Es war also kein Zufallstreffer. Die Suppe ist dir erneut gelungen. Aber du musst mehr können als Suppe kochen, um in meiner Küche zu bestehen. Colette wird dir beibringen, wie es hier läuft."

Linguini sah Colette an. „Es ist mir eine große Ehre, von einer so …"

„Hör mal zu", fiel sie ihm ins Wort. „Ich musste sehr lange hart arbeiten, um es so weit zu bringen. Und ich werde meine Position nicht für einen Küchenjungen aufs Spiel setzen, der einfach nur Glück gehabt hat. Verstanden?"

Unterdessen hatte Skinner ein Gespräch mit seinem Anwalt. Er hatte den Brief von Linguinis Mutter geöffnet und so erfahren, dass Linguini Gusteaus rechtmäßiger Erbe war.

„Aber der Junge scheint das doch gar nicht zu wissen", gab der Anwalt zu bedenken. „Keine Sorge, behalten Sie ihn einfach hier, damit Sie ihn immer im Auge haben."

Skinner nahm den Rat dankbar an. Solange Linguini nicht die Wahrheit erfuhr, konnte er auch keinen Anspruch auf das Restaurant erheben.

Colette brachte Linguini alles bei, was sie über das Kochen wusste. Und sie war gar nicht so streng, sondern eigentlich sehr nett. Linguini war glücklich mit seinem neuen Leben.

Er arbeitete als Koch, in dem Beruf seiner Träume, und er hatte einen Freund gefunden – keinen menschlichen zwar, aber trotzdem einen Freund.

Eines Abends fragten einige Gäste den Kellner nach einem neuen Gericht.

„Was soll das heißen?", wollte Skinner vom Koch wissen und runzelte die Stirn.

„Nun, ihnen hat Linguinis Suppe geschmeckt", sagte der Kellner. „Und sie wollen etwas Neues … von Linguini!"

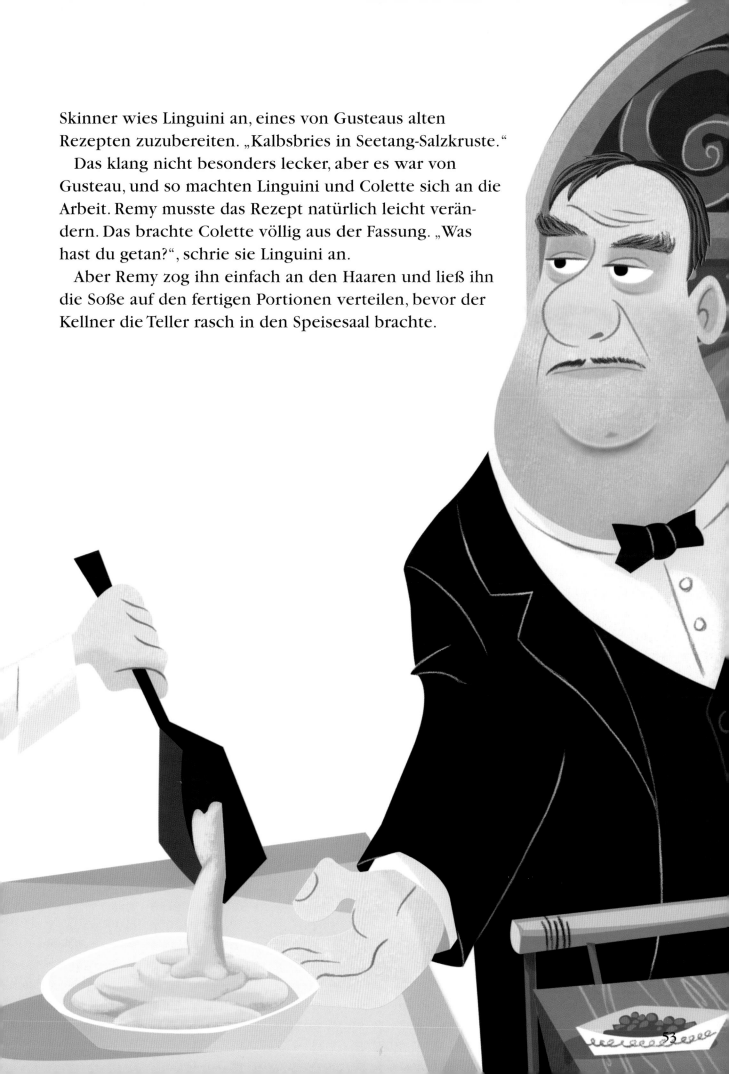

Skinner wies Linguini an, eines von Gusteaus alten Rezepten zuzubereiten. „Kalbsbries in Seetang-Salzkruste."

Das klang nicht besonders lecker, aber es war von Gusteau, und so machten Linguini und Colette sich an die Arbeit. Remy musste das Rezept natürlich leicht verändern. Das brachte Colette völlig aus der Fassung. „Was hast du getan?", schrie sie Linguini an.

Aber Remy zog ihn einfach an den Haaren und ließ ihn die Soße auf den fertigen Portionen verteilen, bevor der Kellner die Teller rasch in den Speisesaal brachte.

Die Gäste waren von dem Gericht begeistert. Zu gern hätte ich Skinners Gesicht gesehen. Er hatte nämlich gehofft, Linguini würde sich blamieren. Das Rezept, das er ihm gegeben hatte, war eins von Gusteaus schlechtesten gewesen. Aber dank seines Kochtalents hatte Remy es in ein köstliches Gericht verwandelt und zu einem Riesenerfolg gemacht.

Doch Skinner hatte einen merkwürdigen Schatten unter Linguinis Mütze
wahrgenommen. Und so bat er ihn später in sein Büro. „Nimm Platz", bot er an.
„Entspann dich und nimm deine Mütze ab! Sag mal, hast du jemals eine Ratte
als Haustier gehabt?"

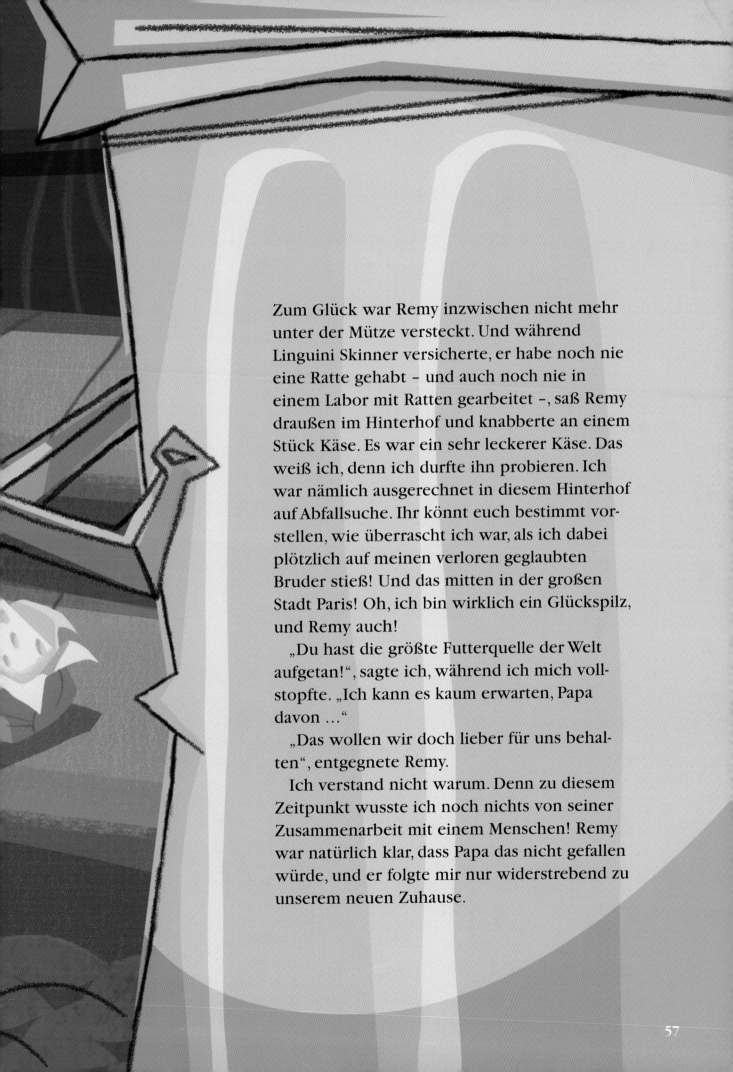

Zum Glück war Remy inzwischen nicht mehr
unter der Mütze versteckt. Und während
Linguini Skinner versicherte, er habe noch nie
eine Ratte gehabt – und auch noch nie in
einem Labor mit Ratten gearbeitet –, saß Remy
draußen im Hinterhof und knabberte an einem
Stück Käse. Es war ein sehr leckerer Käse. Das
weiß ich, denn ich durfte ihn probieren. Ich
war nämlich ausgerechnet in diesem Hinterhof
auf Abfallsuche. Ihr könnt euch bestimmt vorstellen, wie überrascht ich war, als ich dabei
plötzlich auf meinen verloren geglaubten
Bruder stieß! Und das mitten in der großen
Stadt Paris! Oh, ich bin wirklich ein Glückspilz,
und Remy auch!

„Du hast die größte Futterquelle der Welt
aufgetan!", sagte ich, während ich mich voll-
stopfte. „Ich kann es kaum erwarten, Papa
davon …"

„Das wollen wir doch lieber für uns behalten", entgegnete Remy.

Ich verstand nicht warum. Denn zu diesem
Zeitpunkt wusste ich noch nichts von seiner
Zusammenarbeit mit einem Menschen! Remy
war natürlich klar, dass Papa das nicht gefallen
würde, und er folgte mir nur widerstrebend zu
unserem neuen Zuhause.

„Du hast uns sehr gefehlt", seufzte Papa und schloss Remy in die Arme. „Aber jetzt bist du wieder zu Hause!"

Als Remy ihm jedoch sagte, er wolle nicht bleiben, bekam Papa einen Riesenschreck. „Ich habe hier in Paris ein neues Leben angefangen", erklärte Remy.

Dann erzählte er von seinem neuen Job. „Du arbeitest mit einem Menschen!", stieß Papa hervor. Er war völlig entsetzt.

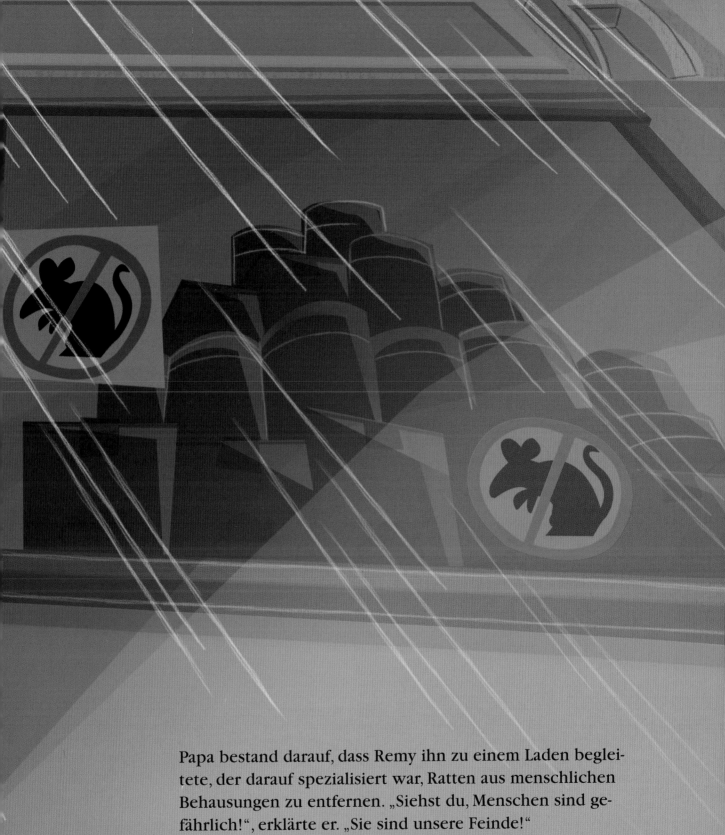

Papa bestand darauf, dass Remy ihn zu einem Laden beglei-
tete, der darauf spezialisiert war, Ratten aus menschlichen
Behausungen zu entfernen. „Siehst du, Menschen sind gefährlich!", erklärte er. „Sie sind unsere Feinde!"

 Aber Remy sah das anders. Er wusste jetzt, dass Menschen und Ratten miteinander zurechtkommen konnten –
ja, sogar Freunde werden konnten. Und alles, was er wollte,
war kochen! Und so ging er am nächsten Morgen zurück
ins Restaurant. In der Küche fand er Linguini, der tief und
fest schlief. Skinner hatte ihn die ganze Nacht putzen
lassen.

Remy schaffte es nicht, Linguini zu wecken, und so setzte er ihm rasch eine Sonnenbrille auf und versteckte sich unter seiner Mütze.

Als Colette eintraf, war sie sehr wütend. „Ich habe dir alles beigebracht, was ich weiß, und trotzdem hast du gestern das Rezept verändert", rief sie. „So geht das nicht! Ich dachte wirklich, du wärst anders!"

Linguini wurde wach, als Colette zur Hintertür lief. „Das kann nicht mehr so weitergehen", murmelte er und stürmte hinter ihr her.

Als Linguini gerade Remys Versteck unter seiner Mütze verraten wollte, zog Remy ihn rasch an den Haaren und brachte ihn so dazu, Colette zu küssen. Seltsamerweise lächelte sie nur. Ach, l'amour, die Liebe! Das ist so eine Sache bei den Menschen!

Linguini und Colette hatten sich also ineinander verliebt. Genau zu dieser Zeit kam dem gefürchteten Restaurant-kritiker Anton Ego zu Ohren, dass das Restaurant sich neuerdings wieder größter Beliebtheit erfreute. Mit seiner letzten Kritik hatte er dem Gusteau's einen von fünf Sternen aberkannt, und so beschloss er, das Restaurant noch ein-mal aufzusuchen und eine vernichtende Kritik zu schreiben. Der Zeitpunkt war denkbar ungünstig, denn Linguini hatte nur noch Augen für Colette und war nicht besonders am Kochen interessiert.

Nach der Arbeit dachte er nicht einmal mehr an Remy. Er brauste einfach mit Colette auf ihrem Motorrad davon. Mit Höchstgeschwindigkeit. Der Wind riss Linguini die Mütze vom Kopf – und der arme Remy purzelte auf die Straße. Autsch! Da hockte er nun, mitten in Paris, ganz allein.

Es dämmerte bereits, als er endlich zum Restaurant zurückkehrte, wo ich bereits mit ein paar Freunden auf ihn wartete. Er hatte mir wirklich gefehlt, wisst ihr? Na gut, ein bisschen hungrig war ich auch.

„Du hast ihnen von dem Restaurant erzählt?",
schimpfte Remy.
„Die Jungs sind meine Freunde", erklärte ich.
„Ich habe nicht gedacht, dass es dich stören
würde ... hör mal, es tut mir leid."
Aber wie ihr ja schon wisst, ist Remy sehr clever.
„Wartet hier", sagte Remy seufzend und lief ins Haus.
Ich glaube, er wollte uns etwas zu essen holen und uns
dann versprechen lassen, dass wir dem Rest des Klans
nichts von dem Restaurant verraten. Zugleich war er sauer
auf Linguini, und das machte es ihm leichter, uns ein
bisschen von dem köstlichen Essen abzugeben.

Während er in Skinners Büro nach dem Schlüssel für die Speisekammer suchte, stieß er auf eine Mappe mit Gusteaus Testament. Neugierig blätterte er darin und fand auch den Brief, in dem stand, dass Linguini Gusteaus Sohn war. Remy brauchte nicht lange, um zu begreifen, dass Skinner versuchte, Linguini seinen rechtmäßigen Besitz zu nehmen: das Restaurant. In diesem Moment erschien Skinner zur Arbeit. Remy schnappte sich die Papiere und flitzte zur Tür hinaus.

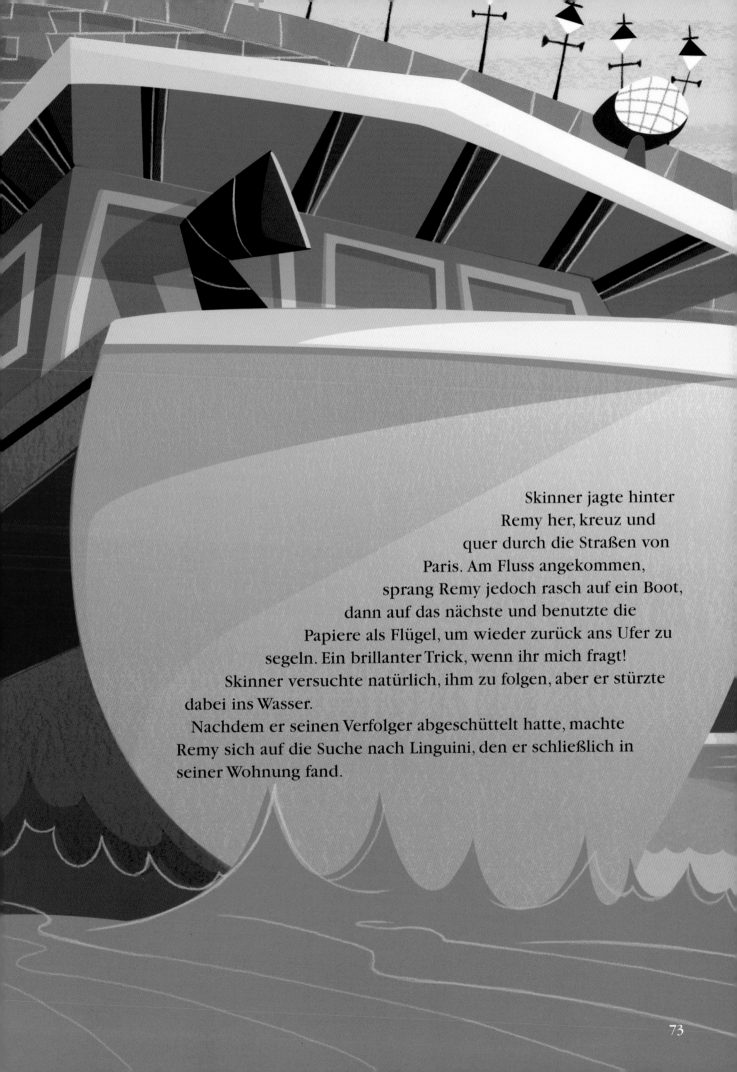

Skinner jagte hinter
Remy her, kreuz und
quer durch die Straßen von
Paris. Am Fluss angekommen,
sprang Remy jedoch rasch auf ein Boot,
dann auf das nächste und benutzte die
Papiere als Flügel, um wieder zurück ans Ufer zu
segeln. Ein brillanter Trick, wenn ihr mich fragt!
Skinner versuchte natürlich, ihm zu folgen, aber er stürzte
dabei ins Wasser.
Nachdem er seinen Verfolger abgeschüttelt hatte, machte
Remy sich auf die Suche nach Linguini, den er schließlich in
seiner Wohnung fand.

Als Skinner ins Büro des Restaurants zurückkehrte, warteten Linguini und Colette bereits auf ihn. „Du!", rief Skinner und zeigte auf Linguini. „Verschwinde aus meinem Büro!"

„Er ist nicht in Ihrem Büro", entgegnete Colette zuckersüß. „Sie sind in seinem!"

Skinner knurrte. Dann ging er, ohne ein weiteres Wort zu sagen.

Nun war Linguini der Chef. Und in kürzester Zeit erreichten er und mein genialer Bruder es, dass der Laden nur so brummte.

Linguini gefiel sein neuer Posten als Chef sehr. Aber er bildete sich auch einiges darauf ein. Eines Abends hielt er sogar eine Pressekonferenz ab, damit die Zeitungen über sein Restaurant schreiben würden.

Die Gäste mussten auf ihr Essen warten, und Remy zog Linguini an den Haaren, um ihn endlich in die Küche zu bewegen. Aber Linguini beachtete ihn gar nicht. Er nahm einfach seine Mütze ab und sprach weiter zu den Reportern. Da betrat Anton Ego das Restaurant. Alle verstummmten. „Du bist neu in diesem Geschäft", sagte Ego zu Linguini. „Daher dachte ich, ich lasse dich wissen, dass ich morgen Abend hier speisen werde."

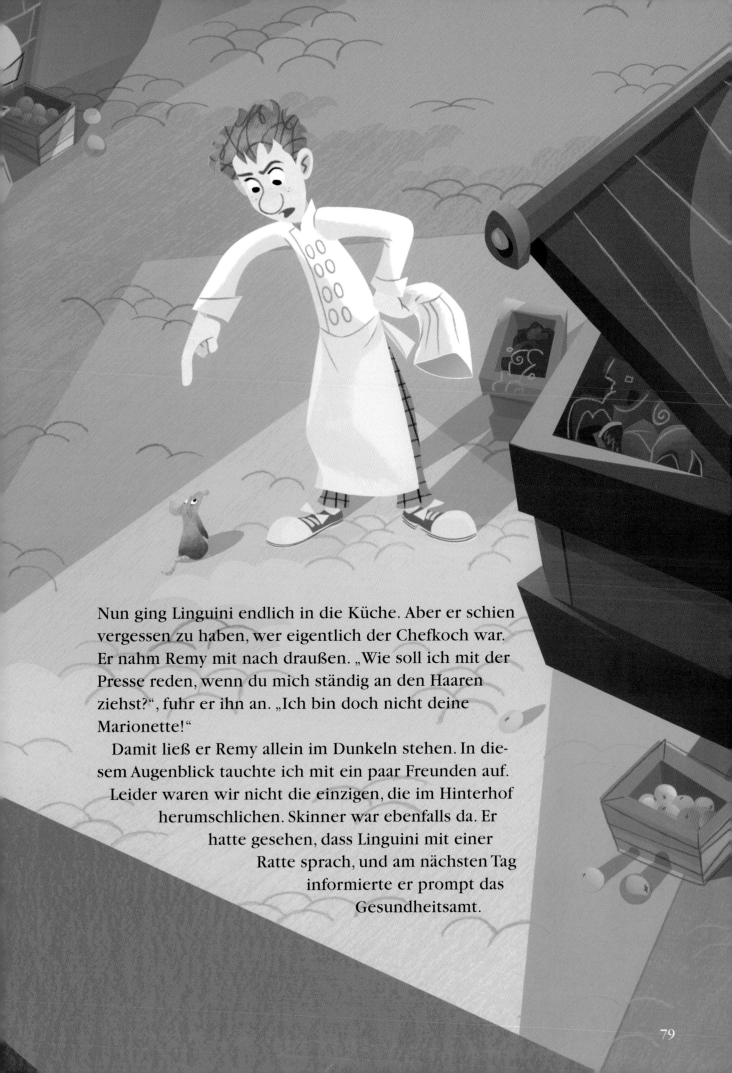

Nun ging Linguini endlich in die Küche. Aber er schien
vergessen zu haben, wer eigentlich der Chefkoch war.
Er nahm Remy mit nach draußen. „Wie soll ich mit der
Presse reden, wenn du mich ständig an den Haaren
ziehst?", fuhr er ihn an. „Ich bin doch nicht deine
Marionette!"

Damit ließ er Remy allein im Dunkeln stehen. In diesem Augenblick tauchte ich mit ein paar Freunden auf.
Leider waren wir nicht die einzigen, die im Hinterhof
herumschlichen. Skinner war ebenfalls da. Er
hatte gesehen, dass Linguini mit einer
Ratte sprach, und am nächsten Tag
informierte er prompt das
Gesundheitsamt.

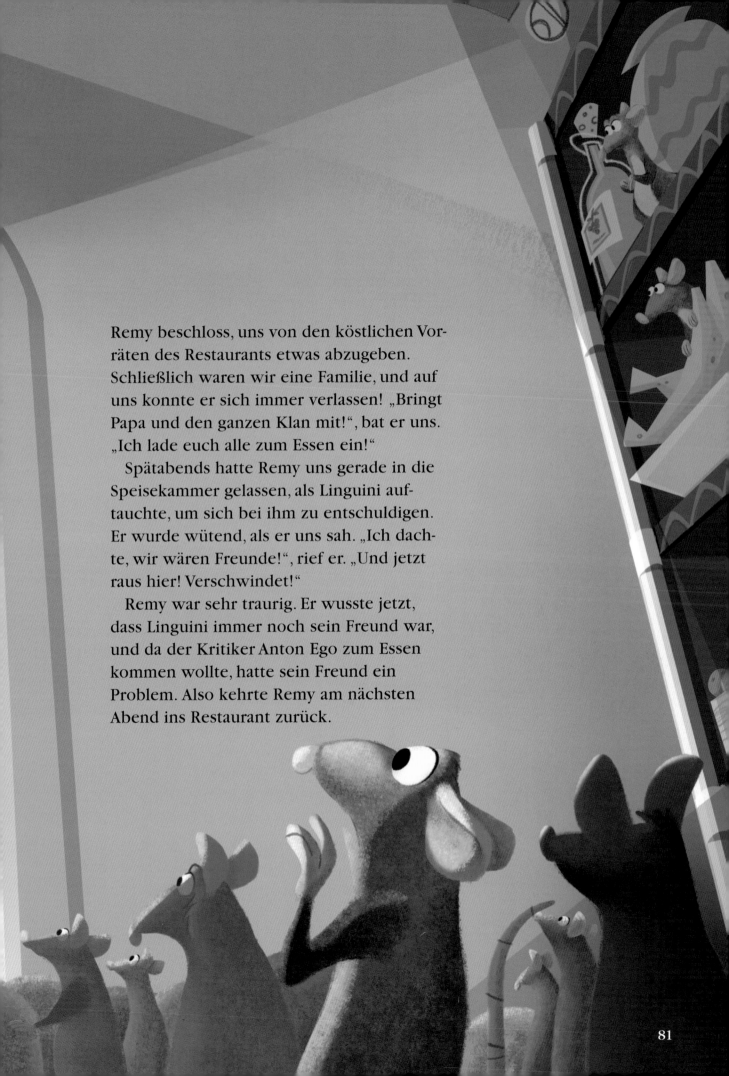

Remy beschloss, uns von den köstlichen Vor-
räten des Restaurants etwas abzugeben.
Schließlich waren wir eine Familie, und auf
uns konnte er sich immer verlassen! „Bringt
Papa und den ganzen Klan mit!", bat er uns.
„Ich lade euch alle zum Essen ein!"

Spätabends hatte Remy uns gerade in die
Speisekammer gelassen, als Linguini auftauchte, um sich bei ihm zu entschuldigen.
Er wurde wütend, als er uns sah. „Ich dachte, wir wären Freunde!", rief er. „Und jetzt
raus hier! Verschwindet!"

Remy war sehr traurig. Er wusste jetzt,
dass Linguini immer noch sein Freund war,
und da der Kritiker Anton Ego zum Essen
kommen wollte, hatte sein Freund ein
Problem. Also kehrte Remy am nächsten
Abend ins Restaurant zurück.

„Bringen Sie mir, was auch immer die Küche zu servieren wagt!", sagte Ego zu dem Kellner.

Skinner war ebenfalls unter den Gästen des Restaurants. Er hatte sich verkleidet, damit niemand ihn erkennen konnte, denn er wollte sehen, wie Linguini sich blamieren würde.

In der Küche sah Colette, wie Remy sich hereinschlich. „Eine RATTE!", schrie sie.

Alle Köche eilten herbei und machten
Jagd auf ihn. „RÜHRT IHN NICHT AN!", rief
Linguini.

Die Köche hielten inne. „Ich weiß, das
klingt unglaublich", begann Linguini. „Aber
er ist derjenige, der hinter meinen Koch-
künsten steckt. Er ist der Grund, warum
Ego heute Abend hier isst."

„Es klingt verrückt, aber wir arbeiten zusammen", fuhr Linguini fort. „Also, wie sieht es aus? Helft ihr mir an diesem wichtigen Abend?"

Die Köche schüttelten die Köpfe, ungläubig, wie ich vermute. Sie konnten sich einfach nicht vorstellen, dass ein Mensch und eine Ratte gemeinsam Essen zubereiten konnten. Und sie verließen die Küche. Auch Colette verschwand. Linguini war am Boden zerstört. Aber Papa war Remy zum Restaurant gefolgt, und nun trat er hervor. „Mein Sohn", sagte er. „Ich habe mich getäuscht, was die Menschen angeht – nun, zumindest, was einen von ihnen betrifft."

Dann ließ Papa den ganzen Klan herein. „Wir sind zwar keine Köche", sagte er. „Aber sag uns einfach, was zu tun ist,
und wir machen es."

Ich weiß, es klingt seltsam, aber der ganze Klan packte
mit an. Linguini brauchte jedoch auch einen Kellner. Also
zog er seine Rollschuhe an und begann, die Gäste zu
bedienen. Alles lief ziemlich gut, bis der Hygieneinspektor
vom Gesundheitsamt auftauchte. Vielleicht war es nicht
ganz fair – der arme Mann machte schließlich nur seine Arbeit –, aber meine Kumpels und ich, wir haben ihn gefangen
genommen und eingesperrt.

In der Küche tummelten sich überall Ratten, als Colette zurückkehrte. „Du bist wieder da!", rief Linguini und schloss sie in die Arme.

„Ich will kein Wort hören!", fuhr sie ihn an. „Sag mir nur, was die Ratte kochen will."

Remy blätterte in Gusteaus Kochbuch, bis er das Ratatouille-Rezept fand. „Das ist ein einfaches Gericht, und Ego ist alles andere als bescheiden", gab Colette zu bedenken. „Bist du sicher?"

Remy nickte. Natürlich war er sicher, und schon machten sie sich gemeinsam an die Arbeit.

Ego war begeistert von dem Ratatouille. Was für ein Aroma, was für ein Geschmack! Das Essen weckte Kindheitserinnerungen in ihm. Erinnerungen daran, wie er gehänselt und verprügelt wurde. Und wie seine Mutter ihn tröstete und ihm das Gefühl gab, geliebt zu werden. Das einfache, aber köstliche Gericht öffnete ihm die Augen und ihm wurde klar, was aus ihm geworden war. Ein Rüpel mit einem Stift, der schwer arbeitende Küchenchefs mit seinen gnadenlosen Kritiken peinigte. Und so beschloss er auf der Stelle, nicht mehr über das Essen zu schreiben, sondern es einfach nur zu genießen.

Ego bestand darauf, dem Küchenchef sein Lob auszusprechen, und zwar persönlich. Linguini zögerte, bat ihn dann aber zu warten, bis alle anderen Gäste gegangen waren. Ego wartete geduldig ab, bis Linguini ihm Remy vorstellte. Zuerst wollte der strenge Testesser es gar nicht glauben, aber dann erzählte Linguini ihm die ganze Geschichte.

Wortlos verließ Ego das Lokal. Remy, Linguini und Colette wussten nicht, was nun geschehen würde. Aber Ego gab dem Restaurant in seiner Kritik fünf Sterne. Er beschrieb den neuen Chefkoch des Gusteau's als ein höchst überraschendes Talent. Und er erklärte sogar, Remy sei der beste Koch Frankreichs.

Ich glaube, ich habe meinen Bruder noch nie so glücklich gesehen
wie an diesem Tag. Aber natürlich mussten wir den Hygieneinspek
wieder freilassen, und er schloss das Restaurant. Es gab einen groß
Skandal! Aber auch davon ließen Linguini und Remy sich nicht bee
drucken. Sie eröffneten ein kleines Bistro: La Ratatouille. Dort arbei
Linguini nun als Kellner, und Colette kocht gemeinsam mit Remy, d
die Rolle des Chefkochs übernommen hat. Es ist ein großartiges Lol
Ich gehe ständig mit Papa und ein paar hungrigen Freunden hin.

Ego isst auch dort, fast jeden Abend. Er ist verrückt
nach Remys Kreationen. Ich gebe es nur ungern
zu, aber mir geht es genauso, sie schmecken besser als der beste Abfall!

Der Witz an der Sache ist, dass Ego nie wie Gus-
teau der Ansicht war, jeder könne kochen. Aber
Remy hat bewiesen, dass es auch dort großartige
Köche gibt, wo man sie am wenigsten vermutet.
Trotzdem ist und bleibt es ein Geheimnis, wer im
La Ratatouille tatsächlich der Chefkoch ist. Also,
sagt es nicht weiter!